Gröls Verlage

„BÜCHER SIND WIE FALLSCHIRME. SIE NÜTZEN UNS NICHTS, WENN WIR SIE NICHT ÖFFNEN.“

Gröls Verlag

Redaktionelle Hinweise und Impressum

Das vorliegende Werk wurde zugunsten der Authentizität sehr zurückhaltend bearbeitet. So wurden etwa ursprüngliche Rechtschreibfehler *nicht* systematisch behoben, denn kleine Unvollkommenheiten machen das Buch – wie im Übrigen den Menschen – erst authentisch. Mitunter wurden jedoch zum Beispiel Absätze behutsam neu getrennt, um den Lesefluss zu erleichtern.

Um die Texte zu rekonstruieren, werden antiquarische Bücher von Lesegeräten gescannt und dann durch eine Software lesbar gemacht. Der so entstandene Text wird von Menschen gegengelesen und korrigiert – hierbei treten auch Fehler auf. Wenn Sie ebenfalls antiquarische Texte einreichen möchten, finden Sie weitere Informationen auf www.groels.de

Viel Freude bei der Lektüre wünscht Ihnen das Team des Gröls-Verlags.

Adressen
Verleger: Sophia Gröls, Im Borngrund 26, 61440 Oberursel
Externer Dienstleister für Distribution & Herstellung: BoD, In de Tarpen 42, 22848 Norderstedt

Unsere „Edition | Kleine Klassiker" versammelt über hundert unbestrittene Klassiker der Weltliteratur in einem ästhetisch anspruchsvollen und handlichen Format.

Die Gröls-Klassiker-Editionen gehören heute mit ungefähr tausend Werken zu den größten Sammlungen klassischer Literatur im deutschen Sprachraum. Wir kultivieren und kuratieren damit einen der wertvollsten Bereiche der abendländischen Kultur. Kleine Auswahl:

Francis Bacon • Neues Organon • **Balzac** • Glanz und Elend der Kurtisanen • **Joachim H. Campe** • Robinson der Jüngere • **Dante Alighieri** • Die Göttliche Komödie • **Daniel Defoe** • Robinson Crusoe • **Charles Dickens** • Oliver Twist • **Denis Diderot** • Jacques der Fatalist • **Fjodor Dostojewski** • Schuld und Sühne • **Arthur Conan Doyle** • Der Hund von Baskerville • **Elisabeth von Österreich** • Das Poetische Tagebuch • **Friedrich Engels** • Die Lage der arbeitenden Klasse • **Ludwig Feuerbach** • Das Wesen des Christentums • **Fitzgerald** • Zärtlich ist die Nacht • **Flaubert** • Madame Bovary • **Theodor Fontane** • Effi Briest • **Robert Musil** • Über die Dummheit • **Edgar Wallace** • Der Frosch mit der Maske • **Jakob Wassermann** • Der Fall Maurizius • **Oscar Wilde** • Das Bildnis des Dorian Grey •

Mark Twain • Huckleberry Finns Abenteuer und Fahrten • **Anton Tschechow** • Die Möwe • **Ludwig Tieck** • Der gestiefelte Kater • **Feuerbach** • Das Wesen des Christentums • **Fitzgerald** • Zärtlich ist die Nacht • **Flaubert** • Madame Bovary • **Theodor Fontane** • Effi Briest • **Robert Musil** • Über die Dummheit • **Edgar Wallace** • Der Frosch mit der Maske • **Jakob Wassermann** • Der Fall Maurizius • **Oscar Wilde** • Das Bildnis des Dorian Grey • **Mark Twain** • Huckleberry Finns Abenteuer und Fahrten • **Anton Tschechow** • Die Möwe • **Ludwig Tieck** • Der gestiefelte Kater • **Jonathan Swift** • Gullivers Reisen • **Robert Louis Stevenson** • Die Schatzinsel • **William Shakespeare** • Othello • **Arthur Schopenhauer** • Die Kunst, Recht zu behalten • **Felix Salten** • Bambi • **Platon** • Der Staat • **Arthur Schnitzler** • Traumnovelle • **Friedrich Schiller** • Wilhelm Tell • **Karl May** • Winnetou • **Franz Kafka** • Der Prozeß • Platon • Verteidigungsrede • **Jules Verne** • Reise nachdem Mittelpunkt der Erde • **Leo Tolstoi** • Auferstehung • **August Strindberg** • Inferno • **Julius Stinde** • Familie Buchholz • **Wilhelm Raabe** • Die schwarze Galeere • **Friedrich Nietzsche** • Götzendämmerung • **Gotthold Ephraim Lessing** • Emilia Galotti *und viele weitere Werke….*

Georg Büchner

Leonce und Lena

Ein Lustspiel

Inhalt

Personen:

König Peter vom Reiche Popo

Prinz Leonce, sein Sohn, verlobt mit

Prinzessin Lena vom Reiche Pipi

Valerio

Die Gouvernante

Der Hofmeister

Der Ceremonienmeister

Der Präsident des Staatsraths

Der Hofprediger

Der Landrath

Der Schulmeister

Rosetta

Bediente, Staatsräthe, Bauern etc.

Vorrede

Alfieri: 'E la fama?'

Gozzi: 'E la fame?'

Erster Act

O wär' ich doch ein Narr!
Mein Ehrgeiz geht auf eine bunte Jacke.

Wie es Euch gefällt.

Erste Scene

Ein Garten

Leonce *(halb ruhend auf einer Bank.* ***Der Hofmeister*** *)* Mein Herr, was wollen Sie von mir? Mich auf meinen Beruf vorbereiten? Ich habe alle Hände voll zu thun, ich weiß mir vor Arbeit nicht zu helfen. Sehen Sie, erst habe ich auf den Stein hier dreihundert fünf und sechzig Mal hintereinander zu spucken. Haben Sie das noch nicht probirt? Thun Sie es, es gewährt eine ganz eigne Unterhaltung. Dann – sehen Sie diese Hand voll Sand? *(Er nimmt Sand auf, wirft ihn in die Höhe und fängt ihn mit dem Rücken der Hand wieder auf.)* jetzt werf' ich sie in die Höhe. Wollen wir wetten? Wieviel Körnchen hab' ich jetzt auf dem Handrücken? Grad oder ungrad? Wie? Sie wollen nicht wetten? Sind Sie ein Heide? Glauben Sie an Gott? Ich wette gewöhnlich mit mir selbst und kann es tagelang so treiben. Wenn Sie einen Menschen aufzutreiben wissen, der Lust hätte als mit mir zu wetten, so werden Sie mich sehr verbinden. Dann habe ich nachzudenken, wie es wohl angehn mag, daß ich mir einmal auf den Kopf sehe. O wer sich einmal auf den Kopf sehen könnte! Das ist eins von meinen Idealen. Mir wäre geholfen. Und dann – und dann noch unendlich Viel der Art. – Bin ich ein Müßiggänger? Habe ich keine Beschäftigung? – Ja es ist traurig...

Hofmeister Sehr traurig, Euer Hoheit.

Leonce Daß die Wolken schon seit drei Wochen von Westen nach Osten ziehen. Es macht mich ganz melancholisch.

Hofmeister Eine sehr gegründete Melancholie.

Leonce Mensch, warum widersprechen Sie mir nicht? Sie sind pressirt, nicht wahr? Es ist mir leid, daß ich Sie so lange aufgehalten habe. *(**Der** Hofmeister entfernt sich mit einer tiefen Verbeugung.)* Mein Herr, ich gratulire Ihnen zu der schönen Parenthese, die Ihre Beine machen, wenn Sie sich verbeugen.

Leonce *(allein, streckt sich auf der Bank aus)* Die Bienen sitzen so träg an den Blumen, und der Sonnenschein liegt so faul auf dem Boden. Es krassirt ein entsetzlicher Müßiggang. – Müßiggang ist aller Laster Anfang. – Was die Leute nicht Alles aus Langeweile treiben! Sie studiren aus Langeweile, sie beten aus Langeweile, sie verlieben, verheirathen und vermehren sich aus Langeweile und sterben endlich an der Langeweile und – und das ist der Humor davon – Alles mit den wichtigsten Gesichtern, ohne zu merken warum, und meinen Gott weiß was dabei. Alle diese Helden, diese Genies, diese Dummköpfe, diese Heiligen, diese Sünder, diese Familienväter sind im

Grunde nichts als raffinirte Müßiggänger. – Warum muß ich es grade wissen? Warum kann ich mir nicht wichtig werden und der armen Puppe einen Frack anziehen und einen Regenschirm in die Hand geben, daß sie sehr rechtlich und sehr nützlich und sehr moralisch würde? – Der Mann, der eben von mir ging, ich beneidete ihn, ich hätte ihn aus Neid prügeln mögen. O wer einmal jemand Anders sein könnte! Nur 'ne Minute lang. –

(Valerio halb trunken, kommt gelaufen.)

Leonce Wie der Mensch läuft! Wenn ich nur etwas unter der Sonne wüßte, was mich noch könnte laufen machen.

Valerio *(stellt ich dicht vor den Prinzen, legt den Finger an die Nase und sieht ihn starr an)* Ja!

Leonce *(eben so)* Richtig!

Valerio Haben Sie mich begriffen?

Leonce Vollkommen.

Valerio Nun, so wollen wir von etwas Anderm reden. *(Er legt sich ins Gras.)* Ich werde mich indessen in das Gras legen und meine Nase oben zwischen den Halmen herausblühen lassen und romantische Empfindungen beziehen, wenn die Bienen und Schmetterlinge sich darauf wiegen, wie auf einer Rose.

Leonce Aber Bester, schnaufen Sie nicht so stark, oder die Bienen und Schmetterlinge müssen verhungern über den ungeheuren Prisen, die Sie aus den Blumen ziehen.

Valerio Ach Herr, was ich ein Gefühl für die Natur habe! Das Gras steht so schön, daß man ein Ochs sein möchte, um es fressen zu können, und dann wieder ein Mensch, um den Ochsen zu fressen, der solches Gras gefressen.

Leonce Unglücklicher, Sie scheinen auch an Idealen zu laboriren.

Valerio Es ist ein Jammer. Man kann keinen Kirchthurm herunterspringen, ohne den Hals zu brechen. Man kann keine vier Pfund Kirschen mit den Steinen essen, ohne Leibweh zu kriegen. Seht, Herr, ich könnte mich in eine Ecke setzen und singen vom Abend bis zum Morgen: „Hei, da sitzt e Fleig an der Wand! Fleig an der Wand! Fleig an der Wand!“ und so fort bis zum Ende meines Lebens.

Leonce Halt's Maul mit deinem Lied, man könnte darüber ein Narr werden.

Valerio So wäre man doch etwas. Ein Narr! Ein Narr! Wer will mir seine Narrheit gegen meine Vernunft verhandeln? Ha, ich bin Alexander der Große! Wie mir die Sonne eine goldne Krone in die Haare scheint, wie meine Uniform blitzt! Herr

Generalissimus Heupferd, lassen Sie die Truppen anrücken! Herr Finanzminister Kreuzspinne, ich brauche Geld! Liebe Hofdame Libelle, was macht meine theure Gemahlin Bohnenstange? Ach bester Herr Leibmedicus Cantharide, ich bin um einen Erbprinzen verlegen. Und zu diesen köstlichen Phantasieen bekommt man gute Suppe, gutes Fleisch, gutes Brod, ein gutes Bett und das Haar umsonst geschoren – im Narrenhaus nämlich –, während ich mit meiner gesunden Vernunft mich höchstens noch zur Beförderung der Reife auf einen Kirschbaum verdingen könnte, um – nun? – um?

Leonce Um die Kirschen durch die Löcher in deinen Hosen schamroth zu machen! Aber Edelster, dein Handwerk, deine Profession, dein Gewerbe, dein Stand, deine Kunst?

Valerio *(mit Würde)* Herr, ich habe die große Beschäftigung, müßig zu gehen, ich habe eine ungemeine Fertigkeit im Nichtsthun, ich besitze eine ungeheure Ausdauer in der Faulheit. Keine Schwiele schändet meine Hände, der Boden hat noch keinen Tropfen von meiner Stirne getrunken, ich bin noch Jungfrau in der Arbeit, und wenn es mir nicht der Mühe zu viel wäre, würde ich mir die Mühe nehmen, Ihnen diese

Verdienste weitläufiger auseinanderzusetzen.

Leonce *(mit komischem Enthusiasmus)* Komm an meine Brust! Bist du einer von den Göttlichen, welche mühelos mit reiner Stirne durch den Schweiß und Staub über die Heerstraße des Lebens wandeln, und mit glänzenden Sohlen und blühenden Leibern gleich seligen Göttern in den Olympus treten? Komm! Komm!

Valerio *(singt im Abgehen)* Hei! da sitzt e Fleig an der Wand! Fleig an der Wand! Fleig an der Wand! *(Beide Arm in Arm ab.)*

Zweite Scene

Ein Zimmer

König Peter *wird von* ***zwei Kammerdienern*** *angekleidet.*

Peter *(während er angekleidet wird)* Der Mensch muß denken und ich muß für meine Unterthanen denken, denn sie denken nicht, sie denken nicht. – Die Substanz ist das 'an sich', das bin ich. *(Er läuft fast nackt im Zimmer herum.)* Begriffen? An sich ist an sich, versteht ihr? jetzt kommen meine Attribute, Modificationen, Affectionen und Accidenzien, wo ist mein Hemd, meine Hose? – Halt, pfui! der freie Wille steht davorn ganz offen. Wo ist die Moral, wo sind die Manschetten? Die Kategorien sind in der schändlichsten Verwirrung, es sind zwei Knöpfe zuviel zugeknöpft, die Dose steckt in der rechten Tasche. Mein ganzes System ist ruinirt. – Ha, was bedeutet der Knopf im Schnupftuch? Kerl, was bedeutet der Knopf, an was wollte ich mich erinnern?

Erster Kammerdiener Als Eure Majestät diesen Knopf in Ihr Schnupftuch zu knüpfen geruhten, so wollten Sie...

Peter Nun?

Erster Kammerdiener Sich an Etwas erinnern.

Peter Eine verwickelte Antwort! – Ei! Nun an was meint Er?

Zweiter Kammerdiener Eure Majestät wollten sich an Etwas erinnern, als Sie diesen Knopf in Ihr Schnupftuch zu knüpfen geruhten.

Peter *(läuft auf und ab)* Was? Was? Die Menschen machen mich confus, ich bin in der größten Verwirrung. Ich weiß mir nicht mehr zu helfen.

(Ein Diener tritt auf.)

Diener Eure Majestät, der Staatsrath ist versammelt.

Peter *(freudig)* Ja, das ist's, das ist's. – Ich wollte mich an mein Volk erinnern! Kommen Sie meine Herren! Gehn Sie symmetrisch. Ist es nicht sehr heiß? Nehmen Sie doch auch Ihre Schnupftücher und wischen Sie sich das Gesicht. Ich bin immer so in Verlegenheit, wenn ich öffentlich sprechen soll. *(Alle ab.)*

(König Peter. Der Staatsrath.)

Peter Meine Lieben und Getreuen, ich wollte euch hiermit kund und zu wissen thun, kund und zu wissen thun – denn entweder verheirathet sich mein Sohn, oder nicht, *(legt den Finger an die Nase.)* entweder, oder – ihr versteht mich doch? Ein Drittes gibt es nicht. Der Mensch muß denken. *(Steht eine Zeit lang sinnend.)* Wenn ich so laut rede, so weiß ich nicht wer es eigentlich ist, ich oder ein Anderer, das ängstigt mich. *(Nach langem Besinnen.)* Ich bin ich. Was halten Sie davon, Präsident?

Präsident *(gravitätisch langsam)* Eure Majestät, vielleicht ist es so, vielleicht ist es aber auch nicht so.

Der ganze Staatsrath im Chor Ja, vielleicht ist es so, vielleicht ist es aber auch nicht so.

Peter *(mit Rührung)* O meine Weisen! – Also von was war eigentlich die Rede? Von was wollte ich sprechen? Präsident, was haben Sie ein so kurzes Gedächtniß bei einer so feierlichen Gelegenheit? Die Sitzung ist aufgehoben. *(Er entfernt sich feierlich, der ganze Staatsrath folgt ihm.)*

Dritte Scene

Ein reichgeschmückter Saal, Kerzen brennen

***Leonce** mit einigen Dienern.*

Leonce Sind alle Läden geschlossen? Zündet die Kerzen an! Weg mit dem Tag! Ich will Nacht, tiefe ambrosische Nacht. Stellt die Lampen unter Krystallglocken zwischen die Oleander, daß sie wie Mädchenaugen unter den Wimpern der Blätter hervorträumen. Rückt die Rosen näher, daß der Wein wie Thautropfen auf die Kelche sprudle. Musik! Wo sind die Violinen? Wo ist die Rosetta? Fort! Alle hinaus! *(Die Diener gehen ab.)*

*(**Leonce** streckt sich auf ein Ruhebett. **Rosetta** zierlich gekleidet, tritt ein. Man hört Musik aus der Ferne.)*

Rosetta *(nähert sich schmeichelnd)* Leonce!

Leonce Rosetta!

Rosetta Leonce!

Leonce Rosetta!

Rosetta Deine Lippen sind träg. Vom Küssen?

Leonce Vom Gähnen!

Rosetta Oh!

Leonce Ach Rosetta, ich habe die entsetzliche Arbeit...

Rosetta Nun?

Leonce Nichts zu thun ...

Rosetta Als zu lieben?

Leonce Freilich Arbeit!

Rosetta *(beleidigt)* Leonce!

Leonce Oder Beschäftigung.

Rosetta Oder Müßiggang.

Leonce Du hast Recht wie immer. Du bist ein kluges Mädchen, und ich halte viel auf deinen Scharfsinn.

Rosetta So liebst du mich aus Langeweile?

Leonce Nein, ich habe Langeweile, weil ich dich liebe. Aber ich liebe meine Langeweile wie dich. Ihr seid eins. O dolce far niente, ich träume über deinen Augen, wie an wunderheimlichen tiefen Quellen, das Kosen deiner Lippen schläfert mich ein, wie Wellenrauschen. *(Er umfaßt sie.)* Komm liebe Langeweile, deine Küsse sind ein wollüstiges Gähnen, und deine Schritte sind ein zierlicher Hiatus.

Rosetta Du liebst mich, Leonce?

Leonce Ei warum nicht?

Rosetta Und immer?

Leonce Das ist ein langes Wort: immer! Wenn ich dich nun noch fünftausend Jahre und sieben Monate liebe, ist's genug? Es ist zwar viel weniger, als immer, ist aber doch eine erkleckliche Zeit, und wir können uns Zeit nehmen, uns zu lieben.

Rosetta Oder die Zeit kann uns das Lieben nehmen.

Leonce Oder das Lieben uns die Zeit. Tanze, Rosetta, tanze, daß die Zeit mit dem Takt deiner niedlichen Füße geht!

Rosetta Meine Füße gingen lieber aus der Zeit. *(Sie tanzt und singt.)*

O meine müden Füße, ihr müßt tanzen
In bunten Schuhen,
Und möchtet lieber tief, tief
Im Boden ruhen.

O meine heißen Wangen, ihr müßt glühen
Im wilden Kosen,
Und möchtet lieber blühen
Zwei weiße Rosen.

O meine armen Augen, ihr müßt blitzen
Im Strahl der Kerzen,
Und lieber schlieft ihr aus im Dunkeln
Von euren Schmerzen.

Leonce *(indeß träumend vor sich hin)* O, eine sterbende Liebe ist schöner, als eine werdende. Ich bin ein Römer; bei dem köstlichen Mahle spielen zum Dessert die goldnen

Fische in ihren Todesfarben. Wie ihr das Roth von den Wangen stirbt, wie still das Auge ausglüht, wie leis das Wogen ihrer Glieder steigt und fällt! Adio, adio meine Liebe, ich will deine Leiche lieben. *(**Rosetta** nähert sich ihm wieder.)* Thränen, Rosetta? Ein feiner Epikuräismus – weinen zu können. Stelle dich in die Sonne, daß die köstlichen Tropfen krystallisiren, es muß prächtige Diamanten geben. Du kannst dir ein Halsband daraus machen lassen.

Rosetta Wohl Diamanten, sie schneiden mir in die Augen. Ach Leonce! (Will ihn umfassen.)

Leonce Gib Acht! Mein Kopf! Ich habe unsere Liebe darin beigesetzt. Sieh zu den Fenstern meiner Augen hinein. Siehst du, wie schön todt das arme Ding ist? Siehst du die zwei weißen Rosen auf seinen Wangen und die zwei rothen auf seiner Brust? Stoß mich nicht, daß ihm kein Aermchen abbricht, es wäre Schade. Ich muß meinen Kopf gerade auf den Schultern tragen, wie die Todtenfrau einen Kindersarg.

Rosetta (scherzend) Narr!

Leonce Rosetta. *(**Rosetta** macht ihm eine Fratze.)* Gott sei Dank! *(Hält sich die Augen zu.)*

Rosetta *(erschrocken)* Leonce, sieh mich an.

Leonce Um keinen Preis!

Rosetta Nur einen Blick!

Leonce Keinen! Weinst du? Um ein klein wenig, und meine liebe Liebe käme wieder auf die Welt. Ich bin froh, daß ich sie begraben habe. Ich behalte den Eindruck.

Rosetta *(entfernt sich traurig und langsam, sie singt im Abgehn)*

Ich bin eine arme Waise,
Ich fürchte mich ganz allein.
Ach liebet Gram –
Willst du nicht kommen mit mir heim?

Leonce *(allein)* Ein sonderbares Ding um die Liebe. Man liegt ein Jahr lang schlafwachend zu Bette, und an einem schönen Morgen wacht man auf, trinkt ein Glas Wasser, zieht seine Kleider an und fährt sich mit der Hand über die Stirn und besinnt sich und besinnt sich. – Mein Gott, wieviel Weiber hat man nöthig, um die Scala der Liebe auf und ab zu singen? Kaum daß Eine einen Ton ausfüllt. Warum ist der Dunst über unsrer Erde ein Prisma, das den weißen Gluthstrahl der Liebe in einen Regenbogen bricht? *(Er trinkt.)* In welcher Bouteille steckt denn der Wein, an dem ich mich heute betrinken soll?

Bringe ich es nicht einmal mehr so weit? Ich sitze wie unter einer Luftpumpe. Die Luft so scharf und dünn, daß mich friert, als sollte ich in Nankinghosen Schlittschuh laufen. – Meine Herren, meine Herren, wißt ihr auch, was Caligula und Nero waren? Ich weiß es. Komm Leonce, halte mir einen Monolog, ich will zuhören. Mein Leben gähnt mich an, wie ein großer weißer Bogen Papier, den ich vollschreiben soll, aber ich bringe keinen Buchstaben heraus. Mein Kopf ist ein leerer Tanzsaal, einige verwelkte Rosen und zerknitterte Bänder auf dem Boden, geborstene Violinen in der Ecke, die letzten

Tänzer haben die Masken abgenommen und sehen mit todmüden Augen einander an. Ich stülpe mich jeden Tag vier und zwanzigmal herum, wie einen Handschuh. O ich kenne mich, ich weiß was ich in einer Viertelstunde, was ich in acht Tagen, was ich in einem Jahre denken und träumen werde. Gott, was habe ich denn verbrochen, daß du mich, wie einen Schulbuben, meine Lection so oft hersagen läßt? –

Bravo Leonce! Bravo! *(Er klatscht.)* Es thut mir ganz wohl, wenn ich mir so rufe. He! Leonce! Leonce!

Valerio *(unter einem Tisch hervor)* Eure Hoheit scheint mir wirklich auf dem besten Weg, ein wahrhaftiger Narr zu werden.

Leonce Ja, beim Licht besehen, kommt es mir eigentlich eben so vor.

Valerio Warten Sie, wir wollen uns darüber sogleich ausführlicher unterhalten. Ich habe nur noch ein Stück Braten zu verzehren, das ich aus der Küche, und etwas Wein, den ich von Ihrem Tische gestohlen. Ich bin gleich fertig.

Leonce Das schmatzt. Der Kerl verursacht mir ganz idyllische Empfindungen; ich könnte wieder mit dem Einfachsten anfangen, ich könnte Käs essen, Bier trinken, Tabak rauchen. Mach fort, grunze nicht so mit deinem Rüssel, und klappre mit deinen Hauern nicht so.

Valerio Werthester Adonis, sind Sie in Angst um Ihre Schenkel? Sein Sie unbesorgt, ich bin weder ein Besenbinder, noch ein Schulmeister. Ich brauche keine Gerten zu Ruthen.

Leonce Du bleibst nichts schuldig.

Valerio Ich wollte, es ginge meinem Herrn eben so.

Leonce Meinst du, damit du zu deinen Prügeln kämst? Bist du so besorgt um deine Erziehung?

Valerio O Himmel, man kömmt leichter zu seiner Erzeugung, als zu seiner Erziehung. Es ist traurig, in welche Umstände Einen andere Umstände versetzen können! Was für Wochen hab' ich erlebt, seit meine Mutter in die Wochen kam! Wieviel Gutes hab' ich empfangen, das ich meiner Empfängniß zu danken hätte?

Leonce Was deine Empfänglichkeit betrifft, so könnte sie es nicht besser treffen, um getroffen zu werden. Drück dich besser aus, oder du sollst den unangenehmsten Eindruck von meinem Nachdruck haben.

Valerio Als meine Mutter um das Vorgebirg der guten Hoffnung schiffte ...

Leonce Und dein Vater an Cap Horn Schiffbruch litt ...

Valerio Richtig, denn er war Nachtwächter. Doch setzte er das Horn nicht so oft an die Lippen, als die Väter edler Söhne an die Stirn.

Leonce Mensch, du besitzest eine himmlische Unverschämtheit. Ich fühle ein gewisses Bedürfniß, mich in nähere Berührung mit ihr zu setzen. Ich habe eine große Passion dich zu prügeln.

Valerio Das ist eine schlagende Antwort und ein triftiger Beweis.

Leonce *(geht auf ihn los)* Oder du bist eine geschlagene Antwort. Denn du bekommst Prügel für deine Antwort.

Valerio *(läuft weg,* ***Leonce*** *stolpert und fällt)* Und Sie sind ein Beweis, der noch geführt werden muß, denn er fällt über seine eigenen Beine, die im Grund genommen selbst noch zu beweisen sind. Es sind höchst unwahrscheinliche Waden und sehr problematische Schenkel.

*(****Der Staatsrath*** *tritt auf.* ***Leonce*** *bleibt auf dem Boden sitzen.* ***Valerio****.)*

Präsident Eure Hoheit verzeihen ...

Leonce Wie mir selbst! Wie mir selbst! Ich verzeihe mir die Gutmüthigkeit Sie anzuhören. Meine Herren wollen Sie nicht Platz nehmen? – Was die Leute für

Gesichter machen, wenn sie das Wort Platz hören! Setzen Sie sich nur auf den Boden und geniren Sie sich nicht. Es ist doch der letzte Platz, den Sie einmal erhalten, aber er trägt Niemand etwas ein, als dem Todtengräber.

Präsident *(verlegen mit den Fingern schnipsend)* Geruhen Eure Hoheit ...

Leonce Aber schnipsen Sie nicht so mit den Fingern, wenn Sie mich nicht zum Mörder machen wollen.

Präsident *(immer stärker schnipsend)* Wollten gnädigst, in Betracht ...

Leonce Mein Gott, stecken Sie doch die Hände in die Hosen, oder setzen

Sie sich darauf. Er ist ganz aus der Fassung. Sammeln Sie sich.

Valerio Man darf Kinder nicht während des Pissens unterbrechen, sie bekommen sonst eine Verhaltung.

Leonce Mann, fassen Sie sich. Bedenken Sie Ihre Familie und den Staat. Sie riskiren einen Schlagfluß, wenn Ihnen Ihre Rede zurücktritt.

Präsident *(zieht ein Papier aus der Tasche)* Erlauben Eure Hoheit ...

Leonce Was, Sie können schon lesen? Nun denn ...

Präsident Daß man der zu erwartenden Ankunft von Eurer Hoheit verlobter Braut, der durchlauchtigsten Prinzessin Lena von Pipi, auf morgen sich zu gewärtigen habe, davon läßt Ihro königliche Majestät Eure Hoheit benachrichtigen.

Leonce Wenn meine Braut mich erwartet, so werde ich ihr den Willen thun und sie auf mich warten lassen. Ich habe sie gestern Nacht im Traum gesehen, sie hatte ein Paar Augen so groß, daß die Tanzschuhe meiner Rosetta zu Augenbraunen darüber gepaßt hätten, und auf den Wangen war kein Grübchen zu sehen, sondern ein Paar Abzugsgruben für das Lachen. Ich glaube an Träume. Träumen Sie auch zuweilen Herr

Präsident? Haben Sie auch Ahnungen?

Valerio Versteht sich. Immer die Nacht vor dem Tag, an dem ein Braten an der königlichen Tafel verbrennt, ein Kapaun krepirt, oder Ihre königliche Majestät Leibweh bekommt.

Leonce A propos, hatten Sie nicht noch etwas auf der Zunge? Geben Sie nur Alles von sich.

Präsident An dem Tage der Vermählung ist ein höchster Wille gesonnen, seine allerhöchsten Willensäußerungen in die Hände Eurer Hoheit niederzulegen.

Leonce Sagen Sie einem höchsten Willen, daß ich Alles thun werde, das ausgenommen, was ich werde bleiben lassen, was aber jedenfalls nicht so viel sein wird, als wenn es noch einmal so viel wäre. – Meine Herren, Sie entschuldigen, daß ich Sie nicht begleite, ich habe gerade die Passion zu sitzen, aber meine Gnade ist so groß, daß ich sie ja mit den Beinen doch nicht ausmessen kann. *(Er spreizt die Beine auseinander.)* Herr Präsident, nehmen Sie doch das Maaß, damit Sie mich später daran erinnern. Valerio gieb den Herren das Geleite.

Valerio Das Geläute? Soll ich dem Herrn Präsidenten eine Schelle anhängen? Soll ich sie führen, als ob sie auf allen Vieren gingen?

Leonce Mensch, du bist nichts als ein schlechtes Wortspiel. Du hast weder Vater noch Mutter, sondern die fünf Vokale haben dich miteinander erzeugt.

Valerio Und Sie Prinz, sind ein Buch ohne Buchstaben, mit nichts als Gedankenstrichen. Kommen Sie jetzt meine Herren! Es ist eine traurige Sache um das Wort kommen, will man ein Einkommen, so muß man stehlen, an ein Aufkommen ist nicht zu denken, als wenn man sich hängen

läßt, ein Unterkommen findet man erst, wenn man begraben wird, und ein Auskommen hat man jeden Augenblick mit seinem Witz, wenn man nichts mehr zu sagen weiß, wie ich zum Beispiel eben, und Sie, ehe Sie noch etwas gesagt haben. Ihr Abkommen haben Sie gefunden und Ihr Fortkommen werden Sie jetzt zu suchen
ersucht. *(**Staatsrath** und **Valerio** ab.
)*

Leonce *(allein)* Wie gemein ich mich zum Ritter an den armen Teufeln gemacht habe! Es steckt nun aber doch einmal ein gewisser Genuß in einer gewissen Gemeinheit. Hm!

Heirathen! Das heißt einen Ziehbrunnen leer trinken. O Shandy, alter Shandy, wer mir deine Uhr schenkte! *(* ***Valerio*** *kommt zurück.)* Ach Valerio, hast du es gehört?

Valerio Nun Sie sollen König werden, das ist eine lustige Sache. Man kann den ganzen Tag spazieren fahren und den Leuten die Hüte verderben durch's viele Abziehen, man kann aus ordentlichen Menschen ordentliche Soldaten ausschneiden, so daß Alles ganz natürlich wird, man kann schwarze Fräcke und weiße Halsbinden zu Staatsdienern machen, und wenn man stirbt, so laufen alle blanken Knöpfe blau an und die Glockenstricke reißen wie Zwirnsfäden vom vielen Läuten. Ist das nicht unterhaltend?

Leonce Valerio! Valerio! Wir müssen was Anderes treiben. Rathe!

Valerio Ach die Wissenschaft, die Wissenschaft! Wir wollen Gelehrte werden! a priori? oder a posteriori?

Leonce a priori, das muß man bei meinem Herrn Vater lernen; und a posteriori fängt Alles an, wie ein altes Mährchen: es war einmal!

Valerio So wollen wir Helden werden. *(Er marschirt trompetend und trommelnd auf und ab.)* Trom – trom – pläre – plem!

Leonce Aber der Heroismus fuselt abscheulich und bekommt das Lazarethfieber und kann ohne Lieutenants und Rekruten nicht bestehen. Pack dich mit deiner Alexanders- und Napoleonsromantik!

Valerio So wollen wir Genies werden.

Leonce Die Nachtigall der Poesie schlägt den ganzen Tag über unserm Haupt, aber das Feinste geht zum Teufel, bis wir ihr die Federn ausreißen und in die Tinte oder die Farbe tauchen.

Valerio So wollen wir nützliche Mitglieder der menschlichen Gesellschaft werden.

Leonce Lieber möchte ich meine Demission als Mensch geben.

Valerio So wollen wir zum Teufel gehen.

Leonce Ach der Teufel ist nur des Contrastes wegen da, damit wir begreifen sollen, daß am Himmel doch eigentlich etwas sei. *(Aufspringend.)* Ah Valerio, Valerio, jetzt hab' ich's! Fühlst du nicht das Wehen aus Süden? Fühlst du nicht wie der tiefblaue glühende Aether auf und ab wogt, wie das Licht blitzt von dem goldnen, sonnigen Boden, von der heiligen Salzfluth und von den Marmor-Säulen und Leibern? Der große Pan schläft und die ehernen Gestalten träumen im Schatten über den tiefrauschenden Wellen von dem alten Zaubrer Virgil, von Tarantella und Tambourin und tiefen tollen Nächten, voll Masken, Fackeln und Guitarren. Ein Lazzaroni! Valerio! ein Lazzaroni! Wir gehen nach Italien.

Vierte Scene

Ein Garten

Prinzessin Lena *im Brautschmuck.* ***Die Gouvernante****.*

Lena Ja, jetzt! Da ist es. Ich dachte die Zeit an nichts. Es ging so hin, und auf einmal richtet sich *der* Tag vor mir auf. Ich habe den Kranz im Haar – und die Glocken, die Glocken!

(Sie lehnt sich zurück und schließt die Augen.)

Sieh, ich wollte, der Rasen wüchse so über mich und die Bienen summten über mir hin; sieh, jetzt bin ich eingekleidet und habe Rosmarin im Haar. Gibt es nicht ein altes Lied:

Auf dem Kirchhof will ich liegen
Wie ein Kindlein in der Wiegen …

Gouvernante Armes Kind, wie Sie bleich sind unter Ihren blitzenden Steinen.

Lena O Gott, ich könnte lieben, warum nicht? Man geht ja so einsam und tastet nach einer Hand, die einen hielte, bis die Leichenfrau die Hände auseinandernähme und sie jedem über der Brust faltete. Aber warum schlägt man einen Nagel durch zwei Hände, die sich nicht suchten? Was hat meine arme Hand gethan? *(Sie zieht einen Ring vom Finger.)* Dieser Ring sticht mich wie eine Natter.

Gouvernante Aber – er soll ja ein wahrer Don Carlos sein.

Lena Aber ein Mann –

Gouvernante Nun?

Lena Den man nicht liebt. *(Sie erhebt sich.)* Pfui! Siehst du, ich schäme mich. – Morgen ist aller Duft und Glanz von mir gestreift. Bin ich denn wie die arme, hülflose Quelle, die jedes Bild, das sich über sie bückt, in ihrem stillen Grund abspiegeln muß? Die Blumen öffnen und schließen, wie sie wollen, ihre Kelche der Morgensonne und dem Abendwind. Ist denn die Tochter eines Königs weniger, als eine Blume?

Gouvernante *(weinend)* Lieber Engel, du bist doch ein wahres Opferlamm.

Lena Ja wohl – und der Priester hebt schon das Messer. – Mein Gott, mein Gott, ist es denn wahr, daß wir uns selbst erlösen müssen mit unserm

Schmerz? Ist es denn wahr, die Welt sei ein gekreuzigter Heiland, die Sonne seine Dornenkrone und die Sterne die Nägel und Speere in seinen Füßen und Lenden?

Gouvernante Mein Kind, mein Kind! ich kann dich nicht so sehen. – Es kann nicht so gehen, es tödtet dich. Vielleicht, wer weiß! Ich habe so etwas im Kopf. Wir wollen sehen. Komm! *(Sie führt* ***die Prinzessin*** *weg.)*

Zweiter Act

Wie ist mir eine Stimme doch erklungen

Im tiefsten Innern,

Und hat mit Einemmale mir verschlungen
All mein Erinnern.

Adalbert von Chamisso

Erste Scene

Freies Feld. Ein Wirthshaus im Hintergrund

***Leonce** und **Valerio**, der einen Pack trägt, treten auf.*

Valerio *(keuchend)* Auf Ehre, Prinz, die Welt ist doch ein ungeheuer weitläuftiges Gebäude.

Leonce Nicht doch! Nicht doch! Ich wage kaum die Hände auszustrecken, wie in einem engen Spiegelzimmer, aus Furcht überall anzustoßen, daß die schönen Figuren in Scherben auf dem Boden lägen und ich vor der kahlen, nackten Wand stünde.

Valerio Ich bin verloren.

Leonce Da wird Niemand einen Verlust dabei haben als wer dich findet.

Valerio Ich werde mich nächstens in den Schatten meines Schattens stellen.

Leonce Du verflüchtigst dich ganz an der Sonne. Siehst du die schöne Wolke da oben? Sie ist wenigstens ein Viertel von dir. Sie sieht ganz wohlbehaglich auf deine gröbere materielle Stoffe herab.

Valerio Die Wolke könnte Ihrem Kopf nichts schaden, wenn man Ihnen denselben scheeren und sie Tropfen für Tropfen darauf fallen ließ. Ein köstlicher Einfall. Wir sind schon durch ein Dutzend Fürstenthümer, durch ein halbes Dutzend Großherzogthümer und durch ein paar Königreiche gelaufen und das in der größten Uebereilung in einem halben Tag, und warum? Weil man König werden und eine schöne Prinzessin heirathen soll. Und Sie leben noch in einer solchen Lage? Ich begreife Ihre Resignation nicht. Ich begreife nicht, daß Sie nicht Arsenik genommen, sich auf das Geländer des

Kirchthurms gestellt und sich eine Kugel durch den Kopf gejagt haben, um es ja nicht zu verfehlen.

Leonce Aber Valerio, die Ideale! Ich habe das Ideal eines Frauenzimmers in mir und muß es suchen. Sie ist unendlich schön und unendlich geistlos. Die Schönheit ist da so hülflos, so rührend, wie ein neugebornes Kind. Es ist ein köstlicher Contrast. Diese himmlisch stupiden Augen, dieser göttlich einfältige Mund, dieses schafnasige griechische Profil, dieser geistige Tod in diesem geistigen Leib.

Valerio Teufel! Da sind wir schon wieder auf der Grenze; das ist ein

Land, wie eine Zwiebel, nichts als Schaalen, oder wie ineinandergesteckte Schachteln, in der größten sind nichts als Schachteln und in der kleinsten ist gar nichts. *(Er wirft seinen Pack zu Boden.)* Soll denn dieser Pack mein Grabstein werden? Sehen Sie Prinz ich werde philosophisch, ein Bild des menschlichen Lebens. Ich schleppe diesen Pack mit wunden Füßen durch Frost und Sonnenbrand, weil ich Abends ein reines Hemd anziehen will und wenn endlich der Abend kommt, so ist meine Stirn gefurcht, meine Wange hohl, mein Auge dunkel und ich habe grade noch Zeit, mein Hemd anzuziehen, als Todtenhemd. Hätte ich nun nicht gescheidter gethan, ich hätte mein Bündel vom Stecken gehoben und es in der ersten besten Kneipe verkauft, und hätte mich dafür betrunken und im Schatten geschlafen, bis es Abend geworden wäre, und hätte nicht geschwitzt und mir keine Leichdörner gelaufen? Und Prinz, jetzt kommt die Anwendung und die Praxis. Aus lauter Schamhaftigkeit wollen wir jetzt auch den inneren Menschen bekleiden und Rock und Hosen inwendig anziehen. *(Beide gehen auf das Wirthshaus los.)* Ei du lieber Pack, welch ein köstlicher Duft, welche

Weindüfte und Bratengerüche! Ei ihr lieben Hosen, wie wurzelt ihr im Boden und grünt und blüht und die langen schweren Trauben hängen mir ins Maul und der Most gährt unter der Kelter. *(Sie gehen ab.)*

*(**Prinzessin Lena, die Gouvernante** kommen.)*

Gouvernante Es muß ein bezauberten Tag sein, die Sonne geht nicht unter, und es ist so unendlich lang seit unsrer Flucht.

Lena Nicht doch, meine Liebe, die Blumen sind ja kaum welk, die ich zum Abschied brach, als wir aus dem Garten gingen.

Gouvernante Und wo wollen wir ruhen? Wir sind noch auf gar nichts gestoßen. Ich sehe kein Kloster, keinen Eremiten, keinen Schäfer.

Lena Wir haben Alles wohl anders geträumt mit unsern Büchern hinter der Mauer unsers Gartens, zwischen unsern Myrthen und Oleandern.

Gouvernante O die Welt ist abscheulich! An einen irrenden Königssohn ist gar nicht zu denken.

Lena O sie ist schön und so weit, so unendlich weit. Ich möchte immer so fort gehen Tag und Nacht.

Es rührt sich nichts. Was ein rother Schein über den Wiesen spielt von den Kukuksblumen und die fernen

Berge liegen auf der Erde wie ruhende Wolken.

Gouvernante Du mein Jesus, was wird man sagen? Und doch ist es so zart und weiblich! Es ist eine Entsagung. Es ist wie die Flucht der heiligen Odilia. Aber wir müssen ein Obdach suchen. Es wird Abend!

Lena Ja die Pflanzen legen ihre Fiederblättchen zum Schlaf zusammen und die Sonnenstrahlen wiegen sich an den Grashalmen wie müde Libellen.

Zweite Scene

Das Wirthshaus auf einer Anhöhe an einem Fluß, weite Aussicht. Der Garten vor demselben

Valerio, Leonce.

Valerio Nun Prinz, liefern Ihre Hosen nicht ein köstliches Getränk? Laufen Ihnen Ihre Stiefel nicht mit der größten Leichtigkeit die Kehle hinunter?

Leonce Siehst du die alten Bäume, die Hecken, die Blumen? das Alles hat seine Geschichten, seine lieblichen heimlichen Geschichten. Siehst du die greisen freundlichen Gesichter unter den Reben an der Hausthür? Wie sie sitzen und sich bei den Händen halten und Angst haben, daß sie so alt sind und die Welt noch so jung ist. O Valerio, und ich bin so jung, und die Welt ist so alt. Ich bekomme manchmal eine Angst um mich und könnte mich in eine Ecke setzen und heiße Thränen weinen aus Mitleid mit mir.

Valerio *(gibt ihm ein Glas)* Nimm diese Glocke, diese Taucherglocke und senke dich in das Meer des Weines, daß es Perlen über dir schlägt. Sieh wie die Elfen über dem Kelch der Weinblume schweben, goldbeschuht, die Cymbeln schlagend.

Leonce *(aufspringend)* Komm Valerio, wir müssen was treiben, was treiben. Wir wollen uns mit tiefen Gedanken abgeben; wir wollen untersuchen wie es kommt, daß der Stuhl auf drei Beinen steht und nicht auf zwei, daß man sich die Nase mit Hülfe der Hände putzt und nicht wie die Fliegen mit den Füßen. Komm, wir wollen Ameisen zergliedern, Staubfäden zählen; ich werde es doch noch zu irgend einer fürstlichen Liebhaberei bringen. Ich werde doch noch eine Kinderrassel finden, die mir erst aus der Hand fällt, wenn ich Flocken lese und an der Decke zupfe. Ich habe noch eine gewisse Dosis

Enthusiasmus zu verbrauchen; aber wenn ich Alles recht warm gekocht habe, so brauche ich eine unendliche Zeit um einen Löffel zu finden, mit dem ich das Gericht esse und darüber steht es ab.

Valerio Ergo bibamus. Diese Flasche ist keine Geliebte, keine Idee, sie macht keine Geburtsschmerzen, sie wird nicht langweilig, wird nicht treulos, sie bleibt eins vom ersten Tropfen bis zum letzten. Du brichst das Siegel und alle Träume, die in ihr schlummern, sprühen dir entgegen.

Leonce O Gott! Die Hälfte meines Lebens soll ein Gebet sein, wenn mir nur ein Strohhalm bescheert wird, auf dem ich reite, wie auf einem prächtigen Roß, bis ich selbst auf dem Stroh liege. – Welch unheimlicher Abend. Da unten ist Alles still und da oben wechseln und ziehen die Wolken und der Sonnenschein geht und kommt wieder. Sieh, was seltsame Gestalten sich dort jagen, sieh die langen weißen Schatten mit den entsetzlich magern Beinen und Fledermausschwingen und Alles so rasch, so wirr und da unten rührt sich kein Blatt, kein Halm. Die Erde hat sich ängstlich zusammengeschmiegt, wie ein Kind und über ihre Wiege schreiten die Gespenster.

Valerio Ich weiß nicht, was Ihr wollt, mir ist ganz behaglich zu Muth. Die Sonne sieht aus wie ein Wirthshausschild und die feurigen Wolken darüber, wie die Aufschrift: 'Wirthshaus zur goldnen Sonne'. Die Erde und das Wasser da unten sind wie ein Tisch auf dem Wein verschüttet ist und wir liegen darauf wie Spielkarten, mit denen Gott und der Teufel aus Langerweile eine Parthie machen und Ihr seid der Kartenkönig und ich bin ein Kartenbube, es fehlt nur noch eine Dame, eine schöne Dame, mit einem großen Lebkuchenherz auf der Brust und einer mächtigen Tulpe, worin die lange Nase sentimental versinkt, *(**Die Gouvernante** und **die Prinzessin** treten auf.)* und bei Gott da ist sie! Es ist aber eigentlich keine Tulpe, sondern eine Prise Tabak und es ist eigentlich keine Nase, sondern ein

Rüssel. *(Zur **Gouvernante**.)* Warum schreiten Sie, Wertheste, so eilig, daß man Ihre weiland Waden bis zu Ihren respectabeln Strumpfbändern sieht?

Gouvernante *(heftig erzürnt, bleibt stehen)* Warum reißen Sie, Geehrtester, das Maul so weit auf, daß Sie einem ein Loch in die Aussicht machen?

Valerio Damit Sie, Geehrteste, sich die Nase am Horizont nicht blutig stoßen. Ihre Nase ist wie der Thurm auf Libanon, der gen Damascum steht.

Lena *(zur* ***Gouvernante*** *)* Meine Liebe, ist denn der Weg so lang?

Leonce *(träumend vor sich hin)* O, jeder Weg ist lang! Das Picken der Todtenuhr in unserer Brust ist langsam und jeder Tropfen Blut mißt seine Zeit und unser Leben ist ein schleichend Fieber. Für müde Füße ist jeder Weg zu lang...

Lena *(die ihm ängstlich sinnend zuhört)* Und für müde Augen jedes Licht zu scharf und müde Lippen jeder Hauch zu schwer *(lächelnd)* und müde Ohren jedes Wort zu viel. *(Sie tritt mit der* ***Gouvernante*** *ins Haus.)*

Leonce O lieber Valerio! Könnte ich nicht auch sagen: „Sollte nicht dies und ein Wald von Federbüschen nebst ein Paar gepufften Rosen auf meinen Schuhen –?" Ich hab' es glaub' ich ganz melancholisch gesagt. Gott sei Dank, daß ich anfange mit der Melancholie niederzukommen. Die Luft ist nicht mehr so hell und kalt, der Himmel senkt sich glühend dicht um mich und schwere Tropfen fallen. – O diese Stimme: Ist denn der Weg so lang? Es reden viele Stimmen über die Erde und man meint sie sprächen von andern Dingen, aber ich hab' sie verstanden. Sie ruht auf mir wie der Geist, da er über den Wassern schwebte, eh' das Licht ward. Welch Gähren in der Tiefe, welch Werden in mir, wie sich die Stimme durch den Raum gießt. Ist denn der Weg so lang? *(Geht ab.)*

Valerio Nein. Der Weg zum Narrenhaus ist nicht so lang, er ist leicht zu finden, ich kenne alle Fußpfade, alle Vicinalwege und Chausseen dorthin. Ich sehe ihn schon auf einer breiten Allee dahin, an einem eiskalten Wintertag den Hut unter dem Arm, wie er sich in die langen Schatten unter die kahlen

Bäume stellt und mit dem Schnupftuch fächelt. – Er ist ein Narr! *(Folgt ihm.)*

Dritte Scene

Ein Zimmer

Lena. Die Gouvernante.

Gouvernante Denken Sie nicht an den Menschen.

Lena Er war so alt unter seinen blonden Locken. Den Frühling auf den Wangen, und den Winter im Herzen. Das ist traurig. Der müde Leib findet ein Schlafkissen überall, doch wenn der Geist müd' ist, wo soll er ruhen? Es kommt mir ein entsetzlicher Gedanke, ich glaube es gibt Menschen, die unglücklich sind, unheilbar, blos weil sie sind. *(Sie erhebt sich.)*

Gouvernante Wohin mein Kind?

Lena Ich will hinunter in den Garten.

Gouvernante Aber …

Lena Aber, liebe Mutter, du weißt man hätte mich eigentlich in eine Scherbe setzen sollen. Ich brauche Thau und Nachtluft wie die Blumen. Hörst du die Harmonieen des Abends? Wie die Grillen den Tag eingingen und die Nachtviolen ihn mit ihrem Duft einschläfern! Ich kann nicht im Zimmer bleiben. Die Wände fallen auf mich.

Vierte Scene

Der Garten. Nacht und Mondschein

Man sieht **Lena** *auf dem Rasen sitzend.*

Valerio (in einiger Entfernung) Es ist eine schöne Sache um die Natur, sie ist aber doch nicht so schön, als wenn es keine Schnaken gäbe, die Wirthsbetten etwas reinlicher wären und die Todtenuhren nicht so in den Wänden pickten. Drin schnarchen die Menschen und draußen quaken die Frösche, drin pfeifen die Hausgrillen und draußen die Feldgrillen. Lieber Rasen, dies ist ein rasender Entschluß. *(Er legt sich auf den Rasen nieder.)*

Leonce *(tritt auf)* O Nacht, balsamisch wie die erste, die auf das Paradies herabsank. *(Er bemerkt* ***die Prinzessin*** *und nähert sich ihr leise.)*

Lena *(spricht vor sich hin)* Die Grasmücke hat im Traum gezwitschert, die Nacht schläft tiefer, ihre Wange wird bleicher und ihr Athem stiller. Der Mond ist wie ein schlafendes Kind, die goldnen Locken sind ihm im Schlaf über das liebe Gesicht heruntergefallen. O sein Schlaf ist Tod. Wie der todte Engel auf seinem dunkeln Kissen ruht und die Sterne gleich Kerzen um ihn brennen. Armes Kind, kommen die schwarzen Männer bald dich holen? Wo ist deine

Mutter? Will sie dich nicht noch einmal küssen? Ach es ist traurig, todt und so allein.

Leonce Steh auf in deinem weißen Kleide und wandle hinter der Leiche durch die Nacht und singe ihr das Todtenlied.

Lena Wer spricht da?

Leonce Ein Traum.

Lena Träume sind selig.

Leonce So träume dich selig und laß mich dein seliger Traum sein.

Lena Der Tod ist der seligste Traum.

Leonce So laß mich dein Todesengel sein. Laß meine Lippen sich gleich seinen Schwingen auf deine Augen senken. *(Er küßt sie.)* Schöne Leiche, du ruhst so lieblich auf dem schwarzen Bahrtuch der Nacht, daß die Natur das Leben haßt und sich in den Tod verliebt.

Lena Nein, laß mich. *(Sie springt auf und entfernt sich rasch.)*

Leonce Zu viel! zu viel! Mein ganzes Sein ist in dem einen Augenblick. Jetzt stirb. Mehr ist unmöglich. Wie frischathmend, schönheitglänzend ringt die Schöpfung sich aus dem Chaos mir entgegen. Die Erde ist eine Schale von dunkelm Gold, wie schäumt das Licht in ihr und fluthet über ihren Rand und hellauf perlen daraus die Sterne. Meine Lippen saugen sich daran: dieser eine Tropfen

Seligkeit macht mich zu einem köstlichen Gefäß. Hinab heiliger Becher! *(Er will sich in den Fluß stürzen.)*

Valerio *(springt auf und umfaßt ihn)* Halt Serenissime!

Leonce Laß mich!

Valerio Ich werde Sie lassen, sobald Sie gelassen sind und das Wasser zu lassen versprechen.

Leonce Dummkopf!

Valerio Ist denn Eure Hoheit noch nicht über die Lieutenantsromantik hinaus, das Glas zum Fenster hinaus zu werfen, womit man die Gesundheit seiner Geliebten getrunken?

Leonce Ich glaube halbwegs du hast Recht.

Valerio Trösten Sie sich. Wenn Sie auch nicht heut Nacht *unter* dem Rasen schlafen, so schlafen Sie wenigstens *darauf.* Es wäre ein eben so selbstmörderischer Versuch in eins von den Betten zu gehn. Man liegt auf dem Stroh wie ein Todter und wird von den Flöhen gestochen wie ein Lebendiger.

Leonce Meinetwegen. *(Er legt sich ins Gras.)* Mensch, du hast mich um den schönsten Selbstmord gebracht. Ich werde in meinem Leben keinen so vorzüglichen Augenblick mehr dazu finden und das Wetter ist so vortrefflich. Jetzt bin ich schon aus der Stimmung. Der Kerl hat mir mit seiner gelben Weste und seinen himmelblauen Hosen Alles verdorben. – Der Himmel bescheere mir einen recht gesunden, plumpen Schlaf.

Valerio Amen. Und ich habe ein Menschenleben gerettet und werde mir mit meinem guten Gewissen heut Nacht den Leib warm halten. Wohl bekomm's Valerio!

Dritter Act

Erste Scene

Leonce. Valerio.

Valerio Heirathen? Seit wann hat es Eure Hoheit zum ewigen Kalender gebracht?

Leonce Weißt du auch, Valerio, daß selbst der Geringste unter den Menschen so groß ist, daß das Leben noch viel zu kurz ist, um ihn lieben zu können? Und dann kann ich doch einer gewissen Art von Leuten, die sich einbilden, daß nichts so schön und heilig sei, daß sie es nicht noch schöner und heiliger machen müßten, die Freude lassen. Es liegt ein gewisser Genuß in dieser lieben Arroganz.

Warum soll ich ihnen denselben nicht gönnen?

Valerio Sehr human und philobestialisch. Aber weiß sie auch, wer Sie sind?

Leonce Sie weiß nur daß sie mich liebt.

Valerio Und weiß Eure Hoheit auch, wer sie ist?

Leonce Dummkopf! Frag doch die Nelke und die Thauperle nach ihrem Namen.

Valerio Das heißt, sie ist überhaupt etwas, wenn das nicht schon zu unzart ist und nach dem Signalement schmeckt. Aber, wie soll das gehn? Hm! – Prinz, bin ich Minister, wenn

Sie heute vor Ihrem Vater mit der Unaussprechlichen, Namenlosen, mittelst des Ehesegens zusammengeschmiedet werden? Ihr Wort?

Leonce Mein Wort!

Valerio Der arme Teufel Valerio empfiehlt sich Seiner Excellenz dem Herrn Staatsminister Valerio von Valerienthal. „Was will der Kerl? Ich kenne ihn nicht. Fort Schlingel!“ *(Er läuft weg, **Leonce** folgt ihm.)*

Zweite Scene

Freier Platz vor dem Schlosse des Königs Peter

Der Landrath. Der Schulmeister*. *Bauern* *im Sonntagsputz, Tannenzweige haltend.

Landrath Lieber Herr Schulmeister, wie halten sich Eure Leute?

Schulmeister Sie halten sich so gut in ihren Leiden, daß sie sich schon seit geraumer Zeit aneinander halten. Sie gießen brav Spiritus in sich, sonst könnten sie sich in der Hitze unmöglich so lange halten. Courage, ihr Leute! Streckt eure Tannenzweige grad vor euch hin, daß man meint ihr wärt ein Tannenwald und eure Nasen die Erdbeeren und eure Dreimaster die Hörner vom Wildpret und eure hirschledernen Hosen der Mondschein darin, und merkt's euch, der Hinterste läuft immer wieder vor den Vordersten, daß es aussieht als wärt ihr ins Quadrat erhoben.

Landrath Und Schulmeister, Ihr stehet vor die Nüchternheit.

Schulmeister Versteht sich, denn ich kann vor Nüchternheit kaum mehr stehen.

Landrath Gebt Acht, Leute, im Programm steht: „Sämmtliche Unterthanen werden von freien Stücken, reinlich gekleidet, wohlgenährt, und mit zufriedenen

Gesichtern sich längs der Landstraße aufstellen." Macht uns keine Schande! Seid standhaft! Kratzt euch nicht hinter den Ohren und schneuzt euch die Nasen nicht mit den Fingern, so lang das hohe Paar vorbeifährt und zeigt die gehörige Rührung, oder es werden rührende Mittel gebraucht werden. Erkennt was man für euch thut, man hat euch grade so gestellt, daß der Wind von der Küche über euch geht und ihr auch einmal in eurem Leben einen Braten riecht. Könnt ihr noch eure Lection? He! Vi!

Die Bauern Vi!

Schulmeister Vat!

Die Bauern Vat!

Schulmeister Vivat!

Die Bauern Vivat!

Schulmeister So Herr Landrath. Sie sehen wie die Intelligenz im Steigen ist. Bedenken Sie, es ist Latein. Wir geben aber auch heute Abend einen transparenten Ball mittelst der Löcher in unseren Jacken und Hosen, und schlagen uns mit unseren Fäusten Cocarden an die Köpfe.

Dritte Scene

Großer Saal. Geputzte Herren und Damen, sorgfältig gruppirt

Der Ceremonienmeister *mit einigen Bedienten auf dem Vordergrund.*

Ceremonienmeister Es ist ein Jammer! Alles geht zu Grund. Die Braten schnurren ein. Alle Glückwünsche stehen ab. Alle Vatermörder legen sich um, wie melancholische Schweinsohren. Den Bauern wachsen die Nägel und der Bart wieder. Den Soldaten gehn die Locken auf. Von den zwölf Unschuldigen ist Keine, die nicht das horizontale Verhalten dem senkrechten vorzöge. Sie sehen in ihren weißen Kleidchen aus wie erschöpfte Seidenhasen und der Hofpoet grunzt um sie herum wie ein bekümmertes Meerschweinchen. Die Herren Officiere kommen um all ihre

Haltung. *(zu einem Diener.)* Sage doch dem Herrn Candidaten, er möge seine Buben einmal das Wasser abschlagen lassen. – Der arme Herr Hofprediger! Sein Frack läßt den Schweif ganz melancholisch hängen. Ich glaube er hat Ideale und verwandelt alle Kammerherrn in Kammerstühle. Er ist müde vom Stehen.

Erster Bedienter Alles Fleisch verdirbt vom Stehen. Auch der Hofprediger ist ganz abgestanden, seit er heut Morgen aufgestanden.

Ceremonienmeister Die Hofdamen stehen da, wie Gradirbäue, das Salz crystallisirt an ihren Halsketten.

Zweiter Bedienter Sie machens sich wenigstens bequem. Man kann ihnen nicht nachsagen, daß sie auf den Schultern trügen. Wenn sie auch nicht offenherzig sind, so sind sie doch offen bis zum Herzen.

Ceremonienmeister Ja, sie sind gute Karten vom türkischen Reich, man sieht die Dardanellen und das Marmormeer. Fort, ihr Schlingel! An die Fenster! Da kömmt Ihro Majestät.

*(**König Peter** und **der Staatsrath** treten ein.)*

Peter Also auch die Prinzessin ist verschwunden? Hat man noch keine Spur von unserm geliebten Erbprinzen? Sind meine Befehle befolgt? Werden die Grenzen beobachtet?

Ceremonienmeister Ja, Majestät. Die Aussicht von dießem Saal gestattet uns die strengste Aufsicht. *(Zu dem ersten Bedienten.)* Was hast du gesehen?

Erster Bedienter Ein Hund, der seinen Herrn sucht, ist durch das Reich gelaufen.

Ceremonienmeister *(zu einem andern)* Und du?

Zweiter Bedienter Es geht jemand auf der Nordgrenze spazieren, aber es ist nicht der Prinz, ich könnte ihn erkennen.

Ceremonienmeister Und du?

Dritter Bedienter Sie verzeihen, Nichts.

Ceremonienmeister Das ist sehr wenig. Und du?

Vierter Diener Auch Nichts.

Ceremonienmeister Das ist noch weniger.

Peter Aber, Staatsrath, habe ich nicht den Beschluß gefaßt, daß meine königliche Majestät sich an diesem Tag freuen und daß an ihm die Hochzeit gefeiert werden sollte? War das nicht unser festester Entschluß?

Präsident Ja, Eure Majestät, so ist es protokollirt und aufgezeichnet.

Peter Und würde ich mich nicht kompromittiren, wenn ich meinen Beschluß nicht ausführte?

Präsident Wenn es anders für Eure Majestät möglich wäre sich zu kompromittiren, so wäre dieß ein Fall, worin sie sich kompromittiren könnte.

Peter Habe ich nicht mein königliches Wort gegeben? Ja, ich werde meinen Beschluß sogleich ins Werk setzen, ich werde mich freuen. *(Er reibt sich die Hände.)* O ich bin außerordentlich froh!

Präsident Wir theilen sämmtlich die Gefühle Eurer Majestät, so weit es für

Unterthanen möglich und schicklich ist.

Peter O ich weiß mir vor Freude nicht zu helfen. Ich werde meinen Kammerherrn rothe Röcke machen lassen, ich werde einige Cadetten zu Lieutenants machen, ich werde meinen Unterthanen erlauben – aber, aber die Hochzeit? Lautet die andere Hälfte des Beschlusses nicht, daß die Hochzeit gefeiert werden sollte?

Präsident Ja, Eure Majestät.

Peter Ja, wenn aber der Prinz nicht kommt und die Prinzessin auch nicht?

Präsident Ja, wenn der Prinz nicht kommt und die Prinzessin auch nicht, – dann – dann

Peter Dann, dann?

Präsident Dann können sie sich allerdings nicht heirathen.

Peter Halt, ist der Schluß logisch? Wenn – dann. – Richtig! Aber mein Wort, mein königliches Wort!

Präsident Tröste Eure Majestät sich mit andern Majestäten. Ein königliches Wort ist ein Ding, – ein Ding, – ein Ding, das nichts ist.

Peter *(zu den Dienern)* Seht ihr noch nichts?

Die Diener Eure Majestät, nichts, gar nichts.

Peter Und ich hatte beschlossen mich so zu freuen, grade mit dem Glockenschlag zwölf wollte ich anfangen und wollte mich freuen volle zwölf Stunden – ich werde ganz melancholisch.

Präsident Alle Unterthanen werden aufgefordert die Gefühle Ihrer Majestät zu theilen.

Ceremonienmeister Denjenigen, welche kein Schnupftuch bei sich haben, ist das Weinen jedoch Anstands halber untersagt.

Erster Bedienter Halt! Ich sehe was! Es ist etwas wie ein Vorsprung, wie eine Nase, das Uebrige ist noch nicht über der Grenze; und dann seh' ich noch einen Mann und dann noch zwei Personen entgegengesetzten Geschlechts.

Ceremonienmeister In welcher Richtung?

Erster Bedienter Sie kommen näher. Sie gehn auf das Schloß zu. Da sind sie.

*(**Valerio**, **Leonce**, **die Gouvernante** und **die Prinzessin** treten maskirt auf.)*

Peter Wer seid Ihr?

Valerio Weiß ich's? *(Er nimmt langsam hintereinander mehrere Masken ab.)* Bin ich das? oder das? oder das? Wahrhaftig ich bekomme

Angst, ich könnte mich so ganz auseinanderschälen und -blättern.

Peter *(verlegen)* Aber – aber etwas müßt Ihr dann doch sein?

Valerio Wenn Eure Majestät es so befehlen. Aber meine Herren hängen Sie alsdann die Spiegel herum und verstecken Sie Ihre blanken Knöpfe etwas und sehen Sie mich nicht so an, daß ich mich in Ihren Augen spiegeln muß, oder ich weiß wahrhaftig nicht mehr, wer ich eigentlich bin.

Peter Der Mensch bringt mich in Confusion, zur Desperation. Ich bin in der größten Verwirrung.

Valerio Aber eigentlich wollte ich einer hohen und geehrten

Gesellschaft verkündigen, daß hiemit die zwei weltberühmten Automaten angekommen sind und daß ich vielleicht der dritte und merkwürdigste von beiden bin, wenn ich eigentlich selbst recht wüßte, wer ich wäre, worüber man übrigens sich nicht wundern dürfte, da ich selbst gar nichts von dem weiß, was ich rede, ja auch nicht einmal weiß, daß ich es nicht weiß, so daß es höchst wahrscheinlich ist, daß man mich nur so reden läßt, und es eigentlich nichts als Walzen und Windschläuche sind, die das Alles sagen. *(Mit schnurrendem Ton.)* Sehen Sie hier meine Herren und Damen, zwei

Personen beiderlei Geschlechts, ein Männchen und ein Weibchen, einen Herrn und eine Dame. Nichts als Kunst und Mechanismus, nichts als Pappendeckel und Uhrfedern. Jede hat eine feine, feine Feder von Rubin unter dem Nagel der kleinen Zehe am rechten Fuß, man drückt ein klein wenig und die Mechanik läuft volle fünfzig Jahre. Diese Personen sind so vollkommen gearbeitet, daß man sie von andern Menschen gar nicht unterscheiden könnte, wenn man nicht wüßte, daß sie bloße Pappdeckel sind; man könnte sie eigentlich zu Mitgliedern der menschlichen Gesellschaft machen.

Sie sind sehr edel, denn sie sprechen hochdeutsch. Sie sind sehr moralisch, denn sie stehen auf den Glockenschlag auf, essen auf den Glockenschlag zu Mittag und gehen auf den Glockenschlag zu Bett, auch haben sie eine gute Verdauung, was beweist, daß sie ein gutes Gewissen haben. Sie haben ein feines sittliches Gefühl, denn die Dame hat gar kein Wort für den Begriff Beinkleider, und dem Herrn ist es rein unmöglich, hinter einem Frauenzimmer eine Treppe hinauf- oder vor ihm hinunterzugehen. Sie sind sehr gebildet, denn die Dame singt alle neuen Opern und der Herr trägt

Manschetten. Geben Sie Acht, meine Herren und Damen, sie sind jetzt in einem interessanten Stadium, der Mechanismus der Liebe fängt an sich zu äußern, der Herr hat der Dame schon einige Mal den Shawl getragen, die Dame hat schon einige Mal die Augen verdreht und gen Himmel geblickt. Beide haben schon mehrmals geflüstert: Glaube, Liebe, Hoffnung! beide sehen bereits ganz accordirt aus, es fehlt nur noch das winzige Wörtchen: Amen.

Peter *(den Finger an die Nase legend)* In effigie? in effigie? Präsident, wenn man einen Menschen in effigie hängen läßt, ist das nicht eben so gut, als wenn er ordentlich gehängt würde?

Präsident Verzeihen, Eure Majestät, es ist noch viel besser, denn es geschieht ihm kein Leid dabei, und er wird dennoch gehängt.

Peter Jetzt hab' ich's. Wir feiern die Hochzeit in effigie. *(Auf* ***Leonce*** *und* ***Lena*** *deuten d.)* Das ist der Prinz, das ist die Prinzessin. Ich werde meinen Beschluß durchsetzen, ich werde mich freuen. Laßt die Glocken läuten, macht eure Glückwünsche zurecht, hurtig Herr Hofprediger!

*(**Der Hofprediger** tritt vor, räuspert sich, blickt einige Mal gen Himmel.)*

Valerio Fang' an! Laß deine vermaledeiten Gesichter und fang' an! Wohlauf!

Hofprediger *(in der größten Verwirrung)* Wenn wir – oder – aber –

Valerio Sintemal und alldieweil –

Hofprediger Denn –

Valerio Es war vor Erschaffung der Welt

Hofprediger Daß –

Valerio Gott lange Weile hatte –

Peter Machen Sie es nur kurz, Bester.

Hofprediger *(sich fassend)* Geruhen Eure Hoheit Prinz Leonce vom Reiche Popo und geruhen Eure Hoheit Prinzessin Lena vom Reiche Pipi, und geruhen Eure Hoheiten gegenseitig sich beiderseitig einander zu wollen, so sagen Sie ein lautes und vernehmliches Ja.

Lena *und* **Leonce** Ja.

Hofprediger So sage ich Amen.

Valerio Gut gemacht, kurz und bündig; so wäre denn das Männlein und das Fräulein erschaffen und alle Thiere des Paradieses stehen um sie. *(**Leonce** nimmt die Maske ab.)*

Alle Der Prinz!

Peter Der Prinz! Mein Sohn! Ich bin verloren, ich bin betrogen! *(Er geht auf **die Prinzessin** los.)* Wer ist die Person? Ich lasse Alles für ungültig erklären.

Gouvernante *(nimmt **der Prinzessin** die Maske ab, triumphirend)* Die Prinzessin!

Leonce Lena?

Lena Leonce?

Leonce Ei Lena, ich glaube das war die Flucht in das Paradies. Ich bin betrogen.

Lena Ich bin betrogen.

Leonce O Zufall!

Lena O Vorsehung!

Valerio Ich muß lachen, ich muß lachen. Eure Hoheiten sind wahrhaftig durch den Zufall einander zugefallen; ich hoffe Sie werden, dem Zufall zu Gefallen, Gefallen aneinander finden.

Gouvernante Daß meine alten Augen das sehen konnten! Ein irrender Königssohn! Jetzt sterb' ich ruhig.

Peter Meine Kinder ich bin gerührt, ich weiß mich vor Rührung kaum zu lassen. Ich hin der glücklichste Mann! Ich lege aber auch hiermit feierlichst die Regierung in deine Hände, mein Sohn, und werde sogleich ungestört jetzt bloß nur noch zu denken anfangen. Mein Sohn, du überlässest mir diese Weisen *(Er deutet auf* ***den Staatsrath)***, damit sie mich in meinen Bemühungen unterstützen. Kommen Sie meine Herren, wir müssen denken, ungestört denken. *(Er entfernt sich mit* ***dem Staatsrath****.)* Der Mensch hat mich vorhin confus gemacht, ich muß mir wieder heraushelfen.

Leonce *(zu den Anwesenden)* Meine Herren, meine Gemahlin und ich bedauern unendlich, daß Sie uns heute so lange zu Diensten gestanden sind. Ihre Stellung ist so traurig, daß wir um keinen Preis Ihre Standhaftigkeit länger auf die Probe stellen möchten. Gehn Sie jetzt nach Hause, aber vergessen Sie Ihre Reden, Predigten und Verse nicht, denn morgen fangen wir in aller Ruhe und Gemüthlichkeit den Spaß noch einmal von vorn an. Auf Wiedersehn!

*(Alle entfernen sich, **Leonce**, **Lena**, **Valerio** und **die Gouvernante** ausgenommen.)*

Leonce Nun Lena, siehst du jetzt, wie wir die Taschen voll haben, voll Puppen und Spielzeug? Was wollen wir damit anfangen? Wollen wir ihnen Schnurrbärte machen und ihnen Säbel anhängen? Oder wollen wir ihnen Fräcke anziehen, und sie infusorische Politik und Diplomatie treiben lassen und uns mit dem Mikroskop daneben setzen? Oder hast du Verlangen nach einer Drehorgel auf der milchweiße ästhetische Spitzmäuse herumhuschen? Wollen wir ein

Theater bauen? *(**Lena** lehnt sich an ihn und schüttelt den Kopf.)* Aber ich weiß besser was du willst, wir lassen alle Uhren zerschlagen, alle Kalender verbieten und zählen Stunden und Monden nur nach der Blumenuhr, nur nach Blüthe und Frucht. Und dann umstellen wir das Ländchen mit Brennspiegeln, daß es keinen Winter mehr gibt und wir uns im Sommer bis Ischia und Capri hinaufdestilliren, und wir das ganze Jahr zwischen Rosen und Veilchen, zwischen Orangen und Lorbeern stecken.

Valerio Und ich werde Staatsminister und es wird ein Dekret erlassen, daß wer sich Schwielen in die Hände schafft unter Kuratel gestellt wird, daß wer sich krank arbeitet kriminalistisch strafbar ist, daß jeder der sich rühmt sein Brod im Schweiße seines Angesichts zu essen, für verrückt und der menschlichen Gesellschaft gefährlich erklärt wird und dann legen wir uns in den Schatten und bitten Gott um Makkaroni, Melonen und Feigen, um musikalische Kehlen, klassische Leiber und eine kommode Religion!